AF461294

24 Avril 1912

marqué PN

VENTE

Des Mercredi 24 et Jeudi 25 Avril 1912

HOTEL DROUOT, SALLE N° 1

A DEUX HEURES

I

FAIENCES ET PORCELAINES ANCIENNES

VERRES ANCIENS

Appartenant à MM. et Mlle de M.

II

OBJETS D'ART, MEUBLES DU XVIIIe SIÈCLE

FAIENCES, PORCELAINES ANCIENNES

TAPISSERIES ANCIENNES

Argenterie ancienne

TABLEAU PRIMITIF

Appartenant à Mlle de M.

COMMISSAIRE-PRISEUR

Me HENRI SAULPIC

EXPERTS

MM. PAULME & B. LASQUIN Fils

PREMIÈRE PARTIE

CATALOGUE

DES

Faïences et Porcelaines

ANCIENNES

DE

Delft, Marseille, Moustiers, Nevers, Niederviller, Pont-aux-Choux
Rouen, Strasbourg, Venise, Japon, Chine
Compagnie des Indes, Berlin, Saxe, Sèvres, Chantilly, Saint-Cloud, Boissette
Marseille, Paris, Hallay

VERRES ANCIENS, COFFRETS

Le tout appartenant à MM. et Mlle de M.

Dont la vente aux enchères publiques aura lieu

HOTEL DROUOT, SALLE No 1

LES MERCREDI 24 ET JEUDI 25 AVRIL 1912

à deux heures précises

COMMISSAIRE-PRISEUR	EXPERTS
Me HENRI SAULPIC	MM. PAULME & B. LASQUIN Fils
69, rue Sainte-Anne	10, r. Chauchat, 11, r. Grange-Batelière

PARIS

EXPOSITION PUBLIQUE

Le Mardi 23 Avril 1912, salle no 1, de 2 heures à 6 heures

CONDITIONS DE LA VENTE

Elle sera faite au comptant.

Les adjudicataires paieront DIX POUR CENT en sus des enchères.

L'exposition mettant le public à même de se rendre compte de l'état et de la nature des objets, il ne sera admis aucune réclamation une fois l'adjudication prononcée.

Paris. — Imprimerie de l'Art, CH. BERGER, 41, rue de la Victoire.

Produit 84.000-

DÉSIGNATION

FAIENCES ANCIENNES

ET MODERNES

1 — **France, Divers.** Une théière, un sucrier, huit pots à crème avec leurs couvercles, dix-huit tasses et dix-huit soucoupes en anciennes faïences diverses, décor bleu.

2 — **France, Divers.** Trois rafraîchissoirs en ancienne faïence blanche de forme ovale, deux décorés de feuillages en relief. Font paire.

3 — **France, Divers.** Quinze pièces en ancienne faïence blanche, comprenant bouquetières, jardinières, soupières et deux plats, porte-huilier, sucriers, confituriers, saucières, théières et fromagères. (Sera divisé.)

4 — **France, Divers.** Trois assiettes et un plat long en ancienne faïence, contenant des prunes, des olives, des œufs durs et des escargots simulés en relief et décorés au naturel.

5 — **France, Divers.** Seize assiettes ou compotiers, huit plats longs et une terrine à pâté en ancienne faïence, décors variés. (Sera divisé.)

6 — **France, Divers.** Trente pièces environ : pichets, plat à barbe, saucières, porte-huiliers, deux pots formés d'artichauts, salières, saucières et fontaine en faïences diverses, anciennes et modernes. (Sera divisé.)

7 — **France, Divers.** Deux soupières ovales avec couvercle, les boutons formés l'un d'un dauphin, l'autre d'un fruit, en ancienne faïence, à décor de fleurettes en couleurs.

8 — **France, Divers.** Cinq corbeilles à vannerie ajourée, de forme ovale et ronde, en ancienne faïence, décors variés de fleurs en couleurs.

9 — **France, Midi.** Trois jardinières-bouquetières, forme d'éventails, en ancienne faïence, décors variés, fleurs et oiseaux en bleu et couleurs.

10 — **Delft.** Paire de plats ronds en ancienne faïence, décor bleu, feuillages et fleurs de lys.

11 — **Delft.** Plat rond en ancienne faïence, décor bleu à feuillages de fougères, palmes et fleurs.

12 — **Delft.** Sept assiettes en ancienne faïence, décorées sur fond vert de quatre réserves forme cœur, à branchage et fleurs en couleurs. (Sera divisé.)

13 — **Delft.** Paire d'assiettes en ancienne faïence, à décor chinois en couleurs, décorées de fleurs avec oiseaux, rochers et terrasse.

14 — **Delft.** Six assiettes en ancienne faïence, décors variés en bleu et en couleurs, à rinceaux de feuillages fleuris, celles en bleu à personnages, avec inscriptions.

15 — **Italie.** Deux plats, une assiette et deux plaques rondes en ancienne faïence de Castelli et autre, décors variés en bleu et couleurs.

16 — **Italie.** Deux coupes à piédouche, dont une de forme octogonale et contournée, à bord ajouré, en ancienne faïence, décor de paysage avec ruines en couleurs, l'autre de forme ronde et godronnée, décorée d'une tête d'homme au centre.

17 — **Lorraine.** Quatre corbeilles ovales et rondes et quatre présentoirs en ancienne terre de pipe émaillée blanc, à vannerie ajourée. Deux modèles.

18 — **Strasbourg.** Deux corbeilles, cinq petits plats ronds en ancienne terre de pipe émaillée blanc, à vannerie ajourée, et un porte-huilier forme bateau à feuillages et rocailles.

19 — **Lorraine.** Vingt-huit assiettes à dessert, trois modèles, et un compotier, bords festonnés et à vannerie ajourée, en ancienne faïence terre de pipe.

20 — **Lorraine et autres.** Dix-huit tasses et soucoupes, fromagère, deux moutardiers et deux beurriers en terre de pipe.

21 — **Marseille** (?). Deux assiettes à bord festonné en ancienne faïence, contenant des fruits simulés en relief, l'une quatre pommes, la seconde des amandes sèches ; marli décor de fleurs, bord à hachures rouges.

22 — **Marseille**. Beurrier de forme ovale, avec plateau adhérent et couvercle surmonté d'une vache couchée, en ancienne faïence, décor de bouquets de fleurs en couleurs, marque de la fleur de lis.

23 — **Marseille**. Sucrier à deux anses en ancienne faïence fine, décoré de deux bouquets de fleurs et un moutardier formé d'un porc-épic en ancienne faïence du Midi, décors en couleurs.

24 — **Midi**. Deux bouillons couverts avec bouton à branchages en relief, et un compotier carré à bord contourné, en ancienne faïence, décors en couleurs : fleurs, oiseaux et figures.

25 — **Midi**. Bouquetière de forme mouvementée, à trois pieds, formée de feuillages rocailles ajourés et une soupière ronde à deux anses coquilles, avec couvercle à bouton formé de deux masques d'homme, accotés et liés par un ruban, en ancienne faïence, décors de fleurs et papillons en couleurs.

26 — **Midi**. Paire de petits légumiers couverts avec leurs présentoirs de forme ovale et contournée en ancienne faïence, à décor de fleurs en couleurs.

27 — **Midi**. Deux bouquetières en forme de commodes, ventrues, en ancienne faïence, à décor polychrome.

28 — **Midi**. Soupière avec son présentoir, formée d'un chou, en ancienne faïence décorée au naturel.

29 — **Midi**. Trois soupières ovales avec leurs couvercles et un couvercle rond en ancienne faïence, décors variés en bleu et couleurs : arbustes et personnage. (Mauvais état.)

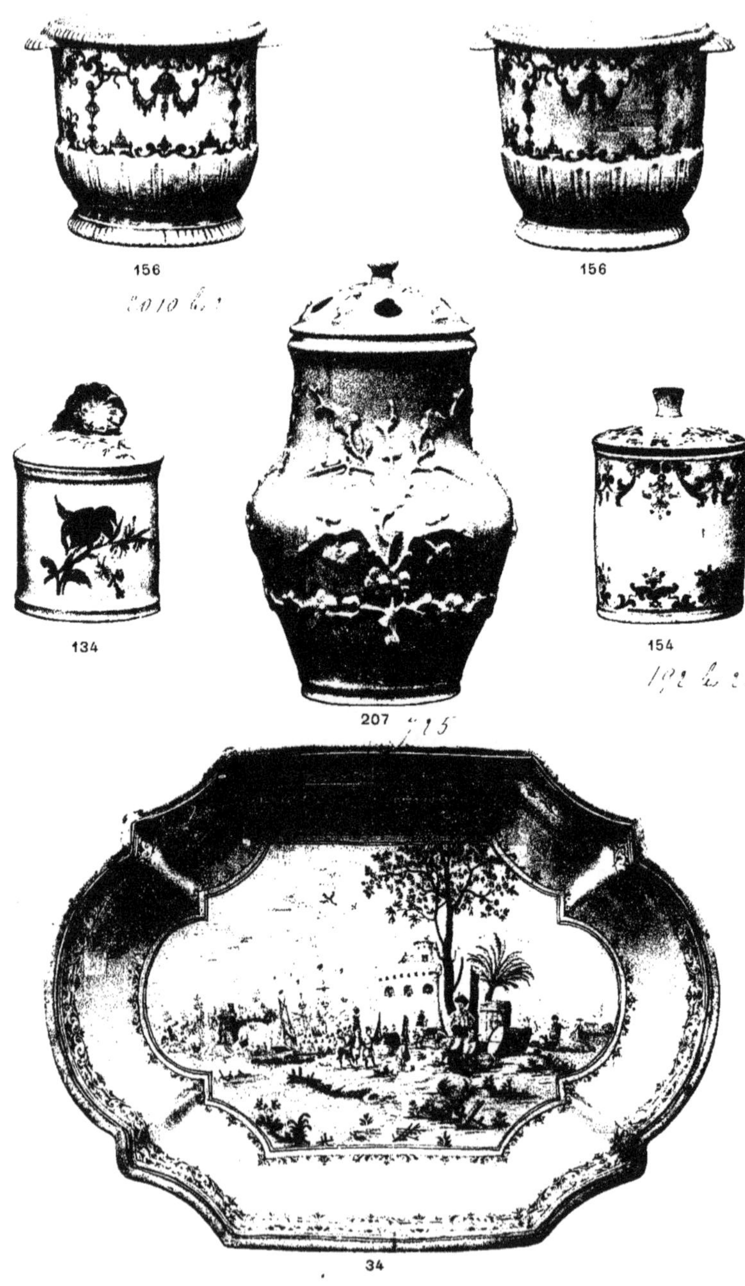

156 156

134 207 154

34

30 — **Midi.** Grande soupière de forme ovale et côtelée avec couvercle, le bouton formé d'un artichaut, deux anses et quatre pieds à feuillages, en ancienne faïence, décor en couleurs, de palmes et bouquets de fleurs.

31 — **Midi.** Grande soupière ronde, à deux anses, couvercle et plateau à bords contournés, en ancienne faïence, à décor de bouquets de fleurs en couleurs.

32 — **Midi.** Vase dit pot-pourri à piédouche, et deux anses formées d'un œillet et d'un volubilis, en ancienne faïence fine, décor de bouquets de fleurs en couleurs dont un en relief surmonte le couvercle.

Haut., 25 cent.

33 — **Midi.** Boîte cylindre en ancienne faïence fine, décorée en couleurs : sur le couvercle d'un portrait de femme tenant un livre, et sur le côté d'un bouquet de pensées, de deux cœurs enflammés et deux rubans bleus avec les inscriptions suivantes :

Nos pensées sont bonnes,
Nos deux cœurs enflammés sont unis.

34 — **Moustiers.** Beau plat de forme contournée en ancienne faïence, il est finement décoré en couleurs, au centre, d'un paysage maritime, avec arbre chargé de fruits et palmier, auprès d'une forteresse ; sur une rivière avec grand pont à tourelle sont de nombreuses barques et une frégate, le tout animé de nombreux personnages et cavaliers en costumes orientaux ; encadrement et bordure de rinceaux feuillagés, en bleu, jaune et vert.

Long., 43 cent.; larg. 31 cent.

35 — **Moustiers.** Deux légumiers à deux anses avec leurs couvercles de forme ovale et quadrilobée en ancienne faïence, décor bleu : arabesques et rinceaux.

36 — **Moustiers.** Cinq assiettes à bords festonnés en ancienne faïence, dont quatre décorées en bleu, au centre, d'un œillet, au marli, de rinceaux ; la cinquième, à décor de grotesques et fleurs, insectes et oiseaux en camaïeu violet.

37 — **Moustiers.** Quatre plats longs et deux ronds, à bords contournés, en ancienne faïence, décorés au centre de paysages avec couples galants et amours dans des encadrements de rinceaux à feuillages et rocailles, au marli de bouquets de fleurs en couleurs.

38 — **Moustiers.** Trois saucières à une anse, un bouillon couvert et un pot cylindrique en ancienne faïence, décors variés en couleurs de fleurs et grotesques.

39 — **Moustiers.** Trois plats longs à bords contournés, de formes variées, en ancienne faïence, à décors analogues en bleu : bouquets de fleurs au centre ; bordure à rinceaux de feuillages.

40 — **Moustiers.** Trois plats ovales, dont un à bord godronné, en ancienne faïence, décors variés en bleu : fleurs et bordure à rinceaux feuillagés.

41 — **Moustiers.** Deux plats longs et contournés en ancienne faïence, décors variés en bleu d'après Bérain : portiques à gaines, figures de femmes, draperies et amours.

42 — **Moustiers**. Soupière ovale avec couvercle, un grand plat long et un compotier rond à bord festonné, en ancienne faïence, décors variés en couleurs, à petites guirlandes de fleurs au marli.

43 — **Moustiers**. Cache-pot cylindrique avec renflement au bord, et à deux anses, mascaron à têtes d'hommes, en ancienne faïence, décor en camaïeu violet de plantes et arbres, avec figures de musiciens et musiciennes, de grotesques et animaux musiciens et chanteurs. Marque de *Joseph Olery*.

Haut., 155 millim ; diam. 20 cent.

44 — **Nevers**. Six assiettes à bord festonné en ancienne faïence, décors en couleurs à bouquets de fleurs, et deux compotiers ronds en ancienne faïence, décor bleu.

45 — **Nevers**. Deux coupes, l'une ronde à piédouche, l'autre de forme octogonale, à décor chinois en bleu.

46 — **Niederviller**. Corbeille ovale, simulant la vannerie, en ancienne faïence ajourée, décorée en couleurs.

47 — **Pont-aux-Choux**. Pot à eau avec couvercle à charnière en ancienne faïence blanche décorée de branchages, fleurs et godrons en relief (forme argenterie).

48 — **Pont-aux-Choux**. Treize pièces : trois sucriers à poudre, un couvercle, une verseuse, une théière, deux tasses, un bouillon et un présentoir, trois plats, en ancienne faïence émail blanc, décor en relief à formes d'argenterie. (Sera divisé.)

49 — **Rouen.** Trois plats de forme octogonale et ronde en ancienne faïence, à décors variés polychromes, à corbeilles de fleurs au centre.

50 — **Rouen.** Très grand plat rond et creux en ancienne faïence, décor polychrome à tiges de roseaux, branchages et hotte de fleurs, avec oiseaux et insectes.

51 — **Rouen.** Porte-huilier en ancienne faïence, décor de paysage sur les côtés et de fleurs sur fond bleu sur le dessus.

52 — **Rouen.** Sucrière en ancienne faïence décorée en bleu, réserves de fleurs sur fond de carrelage, bord à lambrequin, couvercle en étain.

53 — **Rouen.** Soupière de forme ovale et contournée avec son couvercle en ancienne faïence, décor polychrome à la corne, fleurs oiseaux et papillons.

54 — **Rouen.** Plat de forme ovale et contournée en ancienne faïence ; décor polychrome à la double corne de fleurs, avec oiseaux et papillons.

55 — **Rouen.** Bannette de forme octogonale, à deux anses, en ancienne faïence, à décor chinois en couleurs ; au centre, pagode avec oiseaux, insectes et fleurs, bordure à carrelage vert chargé de fleurs et orné de quatre réserves à insectes.

56 — **Rouen.** Paire de saucières de forme ovale et contournée ; à deux anses, en ancienne faïence, décorées au centre d'une corbeille de fleurs, bordure à rinceaux feuillagés et fleurs sur fond bleu.

57

57 — **Rouen.** Paire d'importants cache-pot de forme cylindrique, à deux anses coquilles, en ancienne faïence, décorés chacun de deux corbeilles de fleurs alternant avec des guirlandes de fleurs et fruits et séparées par des motifs formant pilastres, palmes et carrelages de losanges ; fond jaune et rouge sur fond bleu, larges lambrequins supérieurs et inférieurs fond bleu chargés de fleurs et rinceaux (fêlures et légère réparation).

58 — **Strasbourg** (?). Quatre corbeilles rondes, avec leur présentoir, une théière et un sucrier en ancienne faïence émaillée bleu avec filets dorés, un des présentoirs asssorti en ancienne porcelaine de Nymphenbourg.

69 — **Strasbourg.** Pichet avec couvercle de forme côtelée et mouvementée en ancienne faïence, décor de bouquets de fleurs en couleurs.

60 — **Strasbourg.** Huit assiettes, deux soupières, un sucrier à poudre et un porte-huilier en ancienne faïence, décor en couleur chinois et fleurs. (Seront divisés.)

61 — **Strasbourg.** Un sucrier, une petite théière avec couvercles et une tasse et sa soucoupe en ancienne faïence, décor en couleur. Chinois dans des paysages.

62 — **Strasbourg.** Quatre rafraîchissoirs de forme ovale à deux anses, modèles et décors variés à bouquets de fleurs en couleurs. (Seront divisés.)

63 — **Strasbourg.** Soupière ovale à deux anses avec couvercle, le bouton formé d'une mandarine, avec son plat à bord contourné, en ancienne faïence, à décor de bouquets de fleurs en couleurs, marque de *Paul Hannong*.

64 — **Strasbourg.** Paire de jardinières-porte-fleur à quatre faces de forme contournée et bord festonné, à deux anses et quatre pieds à feuillages, en ancienne faïence, décorées sur chaque face d'un bouquet de fleurs en couleurs, bordure à hachures bleues.

Haut. 1 m. 35 cent.

65 — **Strasbourg.** Cinq jardinières de formes carrées et rectangulaires en ancienne faïence, à décor de bouquets de fleurs en couleurs, une marquée de *Paul Hannong*. (Seront divisées.)

66 — **Strasbourg.** Jardinière-bouquetière de forme mouvementée, à quatre pieds gaines en saillie ornés de sequins, en ancienne faïence fine décorée en creux d'une réserve centrale avec deux oiseaux exotiques, avec arbuste et draperie rouge formant cantonnière ; sur les côtés, bouquets de fleurs, encadrement de filets rouges et bleus.

67 — **Strasbourg.** Plateau de forme carrée à angles cintrés et un compotier rond en ancienne faïence fine, décors en couleurs, bouquets et vases de fleurs, bord festonné à filets rouges et hachures.

68 — **Strasbourg.** Deux soupières, l'une de forme ovale avec son couvercle, l'autre ronde à deux anses, en ancienne faïence à décor analogue, bouquets de roses, tulipes en couleurs.

71

Hélio Berthaud, Paris

69 — **Strasbourg.** Grand cache-pot de forme côtelée à bord festonné, à hachure en relief et deux anses feuillagées, en ancienne faïence, à décor d'arbuste et oiseaux en couleurs.

70 — **Strasbourg.** Cache-pot de forme côtelée, à bord festonné, à deux anses rocailles, en ancienne faïence décorée en couleurs de bouquets de roses et œillets.

71 — **Venise.** Paire de vases de forme sphérique en ancienne faïence, décorés chacun de deux médaillons avec portrait d'homme et de femme, sur fond bleu chargé de rinceaux de feuillages, fleurs et fruits en couleurs.

Haut., 36 cent.

PORCELAINES DE LA CHINE

DE LA COMPAGNIE DES INDES & DU JAPON

72 — **Japon**. Vingt-huit tasses et trente-sept soucoupes en ancienne porcelaine, à décors variés en bleu et polychrome.

73 — **Japon**. Six bols de grandeurs différentes, une écuelle à deux anses et une coupe ronde, en ancienne porcelaine, à décors variés en rouge, bleu et or.

74 — **Japon**. Cinq assiettes, un compotier et un plat en ancienne porcelaine du Japon, décor polychrome.

75 — **Japon**. Une théière et un sucrier couvert, un pot à crème et deux flacons à thé en ancienne porcelaine, à décors variés polychromes.

76 — **Japon**. Sucrier couvert en ancienne porcelaine, décor polychrome à fleurs et rosaces; monture en argent ciselé. Époque Louis XIV.

77 — **Japon**. Deux grosses théières de forme sphérique en ancienne porcelaine, décor à réserves de branchages fleuris en rouge, bleu et or, sur un fond bleu rehaussé d'or.

78 — **Japon**. Paire de potiches avec couvercles surmontés d'une chimère en porcelaine décorée en rouge, bleu et or de branchages, fleurs et balustrades.

Haut., 41 cent.

79 — **Japon.** Autre paire de potiches couvertes plus petites en porcelaine, à décor de fleurs et chimère en rouge, bleu et or. Montures en bronze doré.

Hauteur totale : 43 cent.

80 — **Japon.** Grosse potiche avec couvercle surmonté d'une chimère en porcelaine, décorée de trois réserves de branchages, fleurs sur fond de feuillages bleus.

Haut., 60 cent.

81 — **Compagnie des Indes.** Douze tasses avec leurs soucoupes, dont deux avec couvercles, en ancienne porcelaine, à décors et formes variés.

82 — **Compagnie des Indes.** Six tasses à café à une anse avec leurs soucoupes en ancienne porcelaine, à décor de fleurs en camaïeu rose et rehauts d'or.

83 — **Compagnie des Indes.** Six pots à crème couverts à une anse et un pot à crème à bord dentelé sans couvercle en ancienne porcelaine, décor de fleurs en couleur.

84 — **Compagnie des Indes.** Seize pièces : théière, pot à lait, flacon à thé, chope à anse, huit tasses et cinq soucoupes en ancienne porcelaine, décors variés.

85 — **Compagnie des Indes.** Dix-neuf pièces : deux pots à lait couverts, six tasses, un bol, sept soucoupes et deux couvercles en ancienne porcelaine, décors variés, bouquets de fleurs, bordures à imbrications camaïeu violet.

86 — **Compagnie des Indes.** Une grosse théière couverte, dix tasses et onze soucoupes en ancienne porcelaine, décor familier sur fond de dorure.

87 — **Compagnie des Indes.** Une théière, une cafetière et un pot à crème couverts en ancienne porcelaine, décors variés en bleu.

88 — **Compagnie des Indes.** Un grand plat rond, un autre de forme octogonale et quatre compotiers ronds en ancienne porcelaine décorée de fleurs en bleu.

89 — **Compagnie des Indes.** Potiche de forme carrée avec couvercle en ancienne porcelaine, décor de branches fleuries en réserves et en bleu.

90 — **Compagnie des Indes.** Quinze assiettes, quatorze creuses et une plate, deux plats ronds et un compotier en ancienne porcelaine de même décor, à branchages de pivoines en émaux de couleurs.

91 — **Compagnie des Indes.** Seize assiettes plates et douze assiettes creuses en ancienne porcelaine, décor en émaux de couleurs à bouquets de fleurs.

92 — **Compagnie des Indes.** Trois bols montés en coupes en ancienne porcelaine, décors variés en couleurs, fleurs et personnages, montures en bronze doré.

93 — **Compagnie des Indes.** Quatorze assiettes plates en ancienne porcelaine de même décor en bleu et or, à bouquets de fleurs noués par un ruban.

94 — **Compagnie des Indes.** Dix compotiers ronds, de grandeurs différentes, en ancienne porcelaine, à décors variés en couleurs.

95 — **Compagnie des Indes.** Assiette en ancienne porcelaine, à décor européen en émaux de couleurs; elle est ornée au centre d'un groupe de musiciens, deux hommes et une femme, en costume Louis XV dans un paysage, le marli orné de rinceaux de feuillages, fleurs rocailles, et filets dorés.

96 — **Compagnie des Indes.** Onze assiettes plates et quatre creuses en ancienne porcelaine, décors variés en couleurs à bouquets et guirlandes de fleurs.

97 — **Compagnie des Indes.** Trois plats de forme octogonale en ancienne porcelaine, deux à décor de paysage avec lac, barque et figures, bordure fond bleu rehaussé d'or, et un à pied de pivoine fleuri, rochers et balustre en émaux de couleurs.

98 — **Compagnie des Indes.** Paire de soupières rondes avec couvercles en ancienne porcelaine, décorées en émaux de couleurs, de pivoines et fleurs diverses.

99 — **Compagnie des Indes.** Cache-pot en ancienne porcelaine de forme cylindrique à bord festonné, à deux anses formées de branchages, décor de bouquets, de fleurs en couleurs et feuillages en relief à la base.

100 — **Compagnie des Indes.** Trois saucières à une anse, en ancienne porcelaine, à décors variés, bouquets de fleurs en émaux de couleurs.

101 — **Chine.** Paire de grands vases carrés à cols cylindriques, en porcelaine, décorés chacun de deux grandes réserves rectangulaires et de quatre petites rondes ornées de branchages fleuris et insectes en émaux de couleurs sur fond rouge corail et rinceaux blancs chargés de chrysanthèmes.

Haut. 0,63.

102 — **Chine.** Vase à panse sphérique et col évasé en porcelaine émaillée, aubergine et bleu turquoise, orné de deux dragons en biscuit et en relief, et une aiguière orientale en verre opaque bleu lavande.

103 — **Chine.** Cinq tasses et sept soucoupes en ancienne porcelaine, décors variés en bleu et émaux de couleurs.

104 — **Chine.** Pot couvert de forme ovoïde et une petite potiche couverte forme balustre en ancienne porcelaine, décors en bleu à figures et rinceaux de feuillages.

105 — **Chine.** Cinq tasses à une anse avec leurs soucoupes en ancienne porcelaine, décorée de branchages de pivoines, rochers et balustres en émaux de couleurs.

106 — **Chine.** Deux flacons à thé de forme carrée avec bouchons en argent et un pot à crème couvert en ancienne porcelaine, à décors de branchages et oiseaux. Epoque Kang-hi.

107 — **Chine.** Flacon à thé en forme de petite potiche couverte, de forme ovoïde et côtelée, en ancienne porcelaine à décor de pivoines, fleurs coq et poules en émaux de couleurs de la famille rose, base à rinceaux réticulés.

108 — **Chine.** Théière et sucrier couverts en ancienne porcelaine, décor en émaux de couleurs dit à la Pompadour.

109 — **Chine.** Quatre théières, deux pots à crème et un sucrier couverts en ancienne porcelaine ; de formes et décors variés, fleurs et figures en émaux de couleurs de la famille rose.

110 — **Chine.** Paire de chiens couchés avec tige porte-fleurs en ancienne porcelaine décorée au naturel.

111 — **Chine.** Verseuse avec son présentoir et un plat creux de forme octogonale en ancienne porcelaine, à décors de fleurs et rosaces, et paysage avec pagode et personnages en émaux de couleurs.

112 — **Chine.** Quatorze assiettes en ancienne porcelaine, à décors variés en émaux de couleurs de la famille rose à fleurs et fruits. (Sera divisé.)

113 — **Chine.** Deux assiettes et deux petits compotiers, à décors variés en émaux de couleurs, vases de fleurs sur socles et emblèmes, bordures fond jaune.

114 — **Chine.** Paire de potiches couvertes en ancienne porcelaine décorée pour le Japon, en rouge bleu et or, de fleurs, rochers, phénix ; lambrequin à l'épaulement et au couvercle, fond rouge de fer.

Haut. 43 cent.

115 — **Chine.** Assiette en ancienne porcelaine, décorée en émaux de couleurs de la famille rose, représentant une scène équestre devant un mandarin assis dans une pagode auprès de deux femmes ; marli décoré de quatre réserves avec emblèmes sur fond de carrelages roses.

116 — **Chine.** Deux assiettes en ancienne porcelaine, décorées en émaux de couleurs de la famille rose, l'une d'un axis, pivoines et corbeilles de fleurs, la seconde, d'un faisan auprès d'un pied de pivoine ; marlis à larges lambrequins fond rose et bleu ciel et vermiculé brun, chargé de fleurs.

117 — **Chine.** Trois assiettes en ancienne porcelaine, à décor semblable en émaux de couleurs de la famille rose, vase de fleurs, cigogne, corbeille de fruits ; marli à large lambrequin fond bleu et brun à grecques, chargé de fleurs.

118 — **Chine.** Plat en ancienne porcelaine, décoré en émaux de couleurs de la famille rose, au centre, de branchages de pivoine, marli à large lambrequin fond brun chargé de fleurs.

119 — **Chine.** Quatre assiettes et un plat rond et creux en ancienne porcelaine, décor en émaux de couleur de la famille verte, arbre, fleurs et oiseaux au centre, marli fond vert piqué de noir et chargé de fleurs avec quatre réserves, à poissons et crustacés.

120 — **Chine.** Un petit plat et un compotier en ancienne porcelaine, décor en émaux de couleur de la famille verte, à pagodes, figures ; branchages fleuris et oiseaux.

121 — **Chine.** Plateau rond en ancienne porcelaine, décoré en émaux de couleurs, au centre, d'une scène de quatre personnages devant un palais ; bordure à riche lambrequin à fond vert piqué noir et chargé de fleurs; Époque Kang-hi.

122 — **Chine.** Deux plats de forme octogonale, à bord godronné, en ancienne porcelaine, décors semblables en émaux de couleurs de la famille verte, au centre, de deux figures de jeunes femmes sur une terrasse au bord d'un lac ; marli fond vert piqué noir chargé de fleurs et orné de quatre réserves avec papillons.

123 — **Chine**. Paire de petits compotiers forme feuille, à bord festonné et à une anse, en ancienne porcelaine, décorés en émaux de couleurs de la famille rose de cinq bouquets de fleurs, et bordure fond rose à quatre réserves de fleurs.

124 — **Chine**. Paire de compotiers ronds en ancienne porcelaine, décorés en émaux de couleurs de la famille rose, au centre, d'une corbeille de fleurs ; au marli, de six réserves à vases de fleurs et ustensiles sur fond bleu et rose à carrelages.

125 — **Chine**. Neuf compotiers ronds en ancienne porcelaine ; décors variés en émaux de couleurs de la famille rose : fleurs et oiseaux. (Seront divisés.)

126 — **Chine**. Paire de buires en ancienne porcelaine, de forme godronnée, décorées de branchages fleurs de pivoines et roseaux. Epoque Kang-hi. Monture en bronze doré.

127 — **Chine**. Grand plat rond et creux en ancienne porcelaine, décoré en émaux de couleurs de la famille rose de cinq bouquets de pivoines, dont l'un central entouré d'une bande circulaire : fond rose à réserves, se répétant à la bordure.

128 — **Chine et Compagnie des Indes**. Quatre plats ronds et deux bols en ancienne porcelaine, de grandeurs et décors variés : fleurs en émaux de couleurs.

PORCELAINES EUROPÉNNES

129 — **Divers**. Sous ce numéro, nombreuses porcelaines de fabrications diverses et modernes, comprenant soixante pièces environ : service à café genre Sèvres, services à crème avec pots et plateaux et cinq corbeilles à fruits. (Sera divisé.)

130 — **Divers**. Lot de couvercles en anciennes porcelaines tendres et dures, Mennecy, Sèvres, Berlin, etc, décors et grandeurs variés, environ dix pièces.

131 — **Allemagne, Divers**. Parties de services à café et à thé en ancienne porcelaine de diverses fabriques, Saxe, Louisbourg, Berlin, Nion, Niederviller, Zurich, etc., à décor analogue, à feuillages en bleu sur blanc, comprenant vingt-quatre pièces : une théière, une cafetière, un flacon à thé, deux crémiers, un bol, une cuillère à sucre en poudre, une petite coupe et huit tasses et soucoupes.

132 — **Berlin**. Un compotier forme feuille et une petite statuette de porteuse de lait et une soucoupe en ancienne porcelaine décorée en couleurs.

133 — **Chantilly**. Pot à pommade de forme cylindrique avec son couvercle, le bouton formé de trois fleurs en ancienne porcelaine pâte tendre, à décor de bouquets de fleurs en couleurs et un bouillon à deux anses, à décor coréen en couleurs.

134 — **Chantilly**. Six couteaux avec manches en ancienne porcelaine pâte tendre, à décors chinois en couleurs, et deux avec manches en ancienne porcelaine de la Compagnie des Indes.

135 — **Boissette et Marseille**. Deux sucriers et un pot à lait en ancienne porcelaine, décors de guirlandes, bouquets de fleurs et bordure dentelée en dorure. Epoque Louis XVI.

136 — **Frankenthal**. Verseuse et pot à lait en ancienne porcelaine, à décor de bouquets de fleurs en couleurs et filets dorés. (Marque de Wachenfeld.)

137 — **Halley**. Deux grandes tasses droites et leurs soucoupes en ancienne porcelaine, décorées de rinceaux et palmes en dorure.

138 — **Halley**. Service à café, comprenant une verseuse, un sucrier, six tasses droites et six soucoupes, en ancienne porcelaine, décors en dorure.

139 — **Louisbourg**. Petite soupière, avec son couvercle et son plateau, en ancienne porcelaine, décorée de bouquets de fleurs en couleurs, bordure à vannerie, anses et pieds rocailles.

140 — **Mennecy**. Paire de petits vases de forme Médicis, à pieds godronnés, en ancienne porcelaine pâte tendre, décorés de bouquets de fleurs en couleurs.

141 — **Naples**. Plaque, de forme octogonale, en porcelaine, décorée en relief et couleurs : Adam et Eve chassés du Paradis. Cadre en bois noir de style Louis XIII, orné de cuivre gravé et médaillons en matière dure.

142 — **Nyons.** Plateau et huit pots à crème couverts en ancienne porcelaine, décors de pois et guirlandes de feuillages en dorure. Époque Louis XVI.

143 — **Nyons.** Une tasse et sa soucoupe, un crémier et un pot à crème couvert en ancienne porcelaine, décors en dorure et en couleurs, paysage et chiffres en fleurs.

144 — **Nyons.** Service à café solitaire, comprenant un plateau ovale à deux anses, une cafetière, une tasse et soucoupe, un sucrier et un pot à lait, en ancienne porcelaine, à décor de fleurettes en couleurs, bordure dorée. Epoque Louis XVI.

145 — **Paris.** Dix-huit pièces : théière, sucrier, pots à crème et à lait, sucrier à poudre, cinq tasses et six soucoupes, un coquetier et petit poêlon en ancienne porcelaine, décor dit barbeaux. Époque Louis XVI.

146 — **Paris.** Très grande tasse et sa soucoupe en ancienne porcelaine décorée de paysages en grisaille, bordure dorée.

147 — **Paris.** Petit bouillon avec son couvercle et son présentoir et deux tasses avec leurs soucoupes en ancienne porcelaine, décorés de guirlandes de fleurs en couleurs et feuillages en dorure.

148 — **Paris et divers.** Corbeille ajourée, saucière, pot à crème et sucrier couvert en ancienne porcelaine, décors variés, fleurettes en bleu.

149 — **Paris.** Treize pièces : bouillons, sucriers, bols, pots à crème, en ancienne porcelaine, décors variés en couleurs et en dorure : fleurs et feuillages.

150 — **Paris.** Bouillon avec couvercle et présentoir en ancienne porcelaine, décor de guirlandes de fleurs en couleurs; bordure à feuillages violets sur fond rose. Époque Louis XVI.

151 — **Saxe.** Service à café tête-à-tête avec plateau en porcelaine, surdécorée en couleurs de couples galants dans des paysages; bordure fond gros bleu.

152 — **Saxe.** Deux petites tassses et leurs soucoupes et un petit cygne en porcelaine, décors variés, et une fourchette avec manche en ancienne porcelaine, à décor de fleurs en couleurs.

153 — **Saxe.** Un pot à lait, une théière avec couvercles et deux tasses avec leurs soucoupes en ancienne porcelaine, décors variés à fleurs et paysages, en camaïeu rose, grisaille et couleurs

154 — **Saint-Cloud.** Deux pots à pommade de forme cylindrique, avec couvercles, en ancienne porcelaine pâte tendre, à décor de lambrequins et rinceaux de feuillages en bleu.

155 — **Saint-Cloud.** Grande tasse de forme conique à une anse avec son présentoir et un sucrier couvert en ancienne porcelaine pâte tendre avec parties blanches, godronnée et bordure décorée d'arabesques en bleu.

156 — **Saint-Cloud**. Paire de cache-pot à deux anses coquilles, la partie inférieure à godrons et canaux en relief; les parties unies décorées d'arabesques et rinceaux feuillagés en bleu.

157 — **Sèvres**. Sucrier ovale avec couvercle et son présentoir, deux théières, deux tasses et soucoupes et un pot à fard, en ancienne porcelaine, à décors variés, fleurs en couleurs et dorure.

OBJETS VARIÉS

158 — Lot d'environ cent gobelets à pied de dimensions variées en verre gravé, taillé, fondu, anciens et modernes. (Sera divisé.)

159 — Très grand gobelet de forme conique en verre taillé, orné de quatre cœurs. XVIIIe siècle.

160 — Paire de petits compotiers de forme octogonale et deux burettes en verre taillé et gravé. XVIIIe siècle.

161 — Trois flacons carrés et côtelés en verre gravé. XVIIIe siècle.

162 — Onze plateaux de forme ronde, dimensions variées, en verre gravé, à décor de rinceaux de feuillages et fleurs et rangs de perles. XVIIIe siècle.

163 — Cinq confituriers couverts et une coupe à pied en verre gravé de feuillages. XVIIIe siècle.

164 — Caisse de forme carrée en acajou à poignées en cuivre, renfermant six grands carafons de forme rectangulaire en verre doré. Epoque Louis XVI.

165 — Lot d'environ soixante-dix pièces en verre ancien et moderne fondu, taillé ou gravé, comprenant : coupes, couvert, plateaux, confiturier, porte-huilier, carafons, carafes, gobelets et flambeaux. (Sera divisé.)

166 — Coffret de forme carrée en marqueterie de bois de violette, il renferme quatre flacons de forme cylindrique en verre taillé à pans avec bouchons, entonnoir et gobelet à liqueur en argent. XVIIIe siècle.

167 — Service à thé tête-à-tête, comprenant une théière en terre de boccaro, un sucrier couvert avec une monture en argent, deux tasses et deux soucoupes en ancienne porcelaine du Japon ; décors variés polychromes et un flacon à thé rectangulaire et une cuillère en argent ; le tout renfermé dans un coffret rectangulaire en bois de placage du XVIIIe siècle.

168 — Quinze couteaux à dessert, à lames d'argent, manches en nacre. Epoque Louis XVI.

169 — Couteau à fromage, manche en nacre. Epoque Empire.

DEUXIÈME PARTIE

CATALOGUE

DES

Objets d'Art du XVIIIe Siècle

FAIENCES & PORCELAINES ANCIENNES

DELFT, MARSEILLE, ROUEN, CHINE, JAPON
COMPAGNIE DES INDES, CHANTILLY, LILLE, LOCRÉ, BOISSETTE, PARIS
SAINT-CLOUD, SÈVRES, SAXE

Bronzes, Pendules, Porcelaines montées

DES ÉPOQUES LOUIS XV ET LOUIS XVI

TABLEAUX DE L'ÉCOLE NÉERLANDAISE

DU XVe SIÈCLE

DESSIN PAR DUCHÉ

PETITES TABLES EN MARQUETERIE DU XVIIIe SIÈCLE

Garniture de sièges n'ayant jamais été montée

EN TAPISSERIE A FLEURS, DU XVIIe SIÈCLE

OBJETS VARIÉS, ARGENTERIE ANCIENNE

Le tout appartenant à Mlle de M.

Dont la Vente aux Enchères publiques aura lieu

HOTEL DROUOT, SALLE N° 1

LES MERCREDI 24 ET JEUDI 25 AVRIL 1912

à deux heures précises

COMMISSAIRE-PRISEUR	EXPERTS
Me HENRI SAULPIC	**MM. PAULME & B. LASQUIN Fils**
69, rue Sainte-Anne	10, r. Chauchat, 11, r. Grange-Batelière

PARIS

EXPOSITION PUBLIQUE

Le Mardi 23 Avril 1912, salle n° 1, de 2 h. à 6 heures

CONDITIONS DE LA VENTE

Elle sera faite au comptant.

Les acquéreurs paieront *dix pour cent* en sus des enchères.

L'exposition mettant le public à même de se rendre compte de l'état et de la nature des objets, aucune réclamation ne sera admise une fois l'adjudication prononcée.

Paris. — Imp. de l'Art, Ch. Berger, 41, rue de la Victoire.

177

172

172

176

Hélio Berthaud, Paris

DÉSIGNATION

FAIENCES ANCIENNES

170 — **Delft.** Vache blanche en ancienne faïence de Delft, décorée de guirlandes de fleurs, sur base d'herbe avec grenouille, feuilles, etc.

171 — **Delft.** Autre vache analogue en faïence, décorée à froid d'une guirlande de fleurs.

172 — **Marseille.** Paire de petits vases à bord festonné avec encoche, à deux anses formées d'un fruit, en ancienne faïence fine, décorés chacun de deux gros bouquets de fleurs, roses, tulipes, myosotis, etc. (Un légèrement restauré.)

173 — **Midi.** Deux écuelles à deux anses à rocailles, dauphins et coquille, avec couvercles ornés de branchages et fleurs en relief, en ancienne faïence, décors de fleurs en couleurs.

174 — **Midi.** Paire de compotiers ronds de forme contournée en ancienne faïence, à décor de fleurs en couleurs.

3

175 — **Rouen**. Paire de bannettes à deux anses, de forme octogonale, en ancienne faïence, décorées en couleurs au centre d'une corbeille de fleurs, bordure à guirlandes de fleurs se détachant de lambrequins fond bleu, chargés de feuillages, fleurs et rinceaux.

Long., 34 cent.

176 — **Rouen**. Autre bannette en ancienne faïence de forme et décor semblables aux précédentes, mais plus grande.

Long., 39 cent.

177 — **Rouen**. Compotier de forme polygonale en ancienne faïence, décoré au centre d'une corbeille de fleurs, bordure à lambrequins fond bleu, ornée de rinceaux retenant quatre guirlandes de fleurs alternant avec des cartouches à carrelage rouge.

Diam., 23 cent.

178 — **Rouen**. Saladier de forme carrée et contournée, et un couvercle de soupière octogonale en ancienne faïence, à décor analogue au compotier du numéro précédent.

PORCELAINES DE CHINE

INDE ET JAPON

179 — **Chine, Compagnie des Indes, Japon.** Trois tasses et trois soucoupes, sept pots à crème couverts et un petit vase en ancienne porcelaine, décors variés en couleurs.

180 — **Compagnie des Indes.** Théière et sucrier couvert en ancienne porcelaine, à décors de bouquets de fleurs en couleurs et bordure avec bandes semées d'imbrications en camaïeu rose rehaussé d'or.

181 — **Compagnie des Indes.** Deux théières, un sucrier et deux bouillons couverts en ancienne porcelaine, décors variés, bouquets de fleurs en couleurs.

182 — **Compagnie des Indes.** Partie de service à café, comprenant une verseuse, un sucrier, quatre tasses et leurs soucoupes, en ancienne porcelaine, décor à réserves en camaïeu bistre, paysages maritimes.

183 — **Chine.** Cinq assiettes, de forme octogonale, à bord festonné, en ancienne porcelaine, décorées en émaux de couleurs au centre d'une réserve à rinceaux de feuillages et pivoines, marli à lambrequin, fond rose.

184 — **Chine et Compagnie des Indes.** Trois petits plats ronds en ancienne porcelaine, décorée en émaux de couleurs de fleurs et paons.

185 — **Chine**. Moutardier avec couvercle et un flacon à thé de forme rectangulaire à pans coupés avec bouchons en argent, en ancienne porcelaine, décorés de fleurs et oiseaux en émaux de couleurs de la famille verte et de Corée.

186 — **Chine**. Deux théières et un flacon à thé en ancienne porcelaine à décors variés en émaux de couleurs de la famille rose, fleurs, branchages fleuris, etc.

187 — **Chine**. Pot à eau et sa cuvette de forme ovale à bord droit, et à deux anses, en ancienne porcelaine, richement décoré en émaux de couleurs de la famille verte, de branchages fleuris et oiseaux, bordure avec bande fond vert piqué noir, ornée de quatre réserves à poissons et plantes aquatiques. (Très belle qualité.)

PORCELAINES EUROPÉENNES

188 — **Chantilly**. Partie de services de table de cent onze pièces, comprenant : cent quatre assiettes plates, un grand compotier, quatre petits compotiers, deux beurriers avec plateaux ronds adhérents, en ancienne porcelaine tendre, à marli gaufré à vannerie, décor de fleurettes et feuillages en bleu.

189 — **Chantilly**. Partie de service de table de cent quarante quatre pièces, comprenant : quatre vingt-dix-assiettes plates, dix-sept assiettes creuses, un saladier, seize compotiers, trois sucriers à sucre en poudre avec couvercles et plateaux, trois coquetiers, cinq pots à crème avec leurs couvercles, huit tasses à café et dix soucoupes, un sucrier cylindrique couvert, en ancienne porcelaine pâte tendre unie, à décor de fleurettes et feuillages en bleu.

190 — **Chantilly**. Seize assiettes creuses et treize plates en ancienne porcelaine tendre, à marli gaufré à vannerie, décor d'œillets et insectes en bleu.

191 — **Chantilly**. Sept pots à crème avec couvercles et un sucrier cylindrique en ancienne porcelaine, pâte tendre, décors de fleurs en bleu (les pots à côtes en spirales.)

192 — **Chantilly**. Moutardier et deux pots à crème à une anse en ancienne porcelaine tendre à décors coréens en couleurs fleurs et animaux.

193 — **Lille.** Une théière, cinq tasses et cinq soucoupes en ancienne porcelaine, décor de bouquets de fleurs en couleurs bordure à filets dorés.

194 — **Locré.** Groupe de deux figures : jeune homme et jeune femme tenant des fleurs et une statuette d'homme en ancien biscuit.

195 — **Locré et divers.** Sept petites statuettes de berger bergère, musiciens, danseur et danseuse, etc., en biscuit ancien et moderne.

196 — **Locré et divers.** Cinq petits vases dont trois à anses tête de bélier en biscuit ancien et moderne.

197 — **Paris et Boissette.** Deux grandes tasses-trembleuses, une tasse mignonnette, deux sucriers en ancienne porcelaine, décors variés en couleurs, bouquets de roses, guirlandes de fleurs et feuillages, rehaussés d'or.

198 — **Paris.** Bouillon couvert, à deux anses, avec son présentoir, en ancienne porcelaine, à décor de festons de fleurs, et guirlandes de feuillages, retenus par des rubans roses.

199 — **Paris.** Soupière ronde avec couvercle, boutons et deux anses formés de branchages, en ancienne porcelaine décorée de bouquets de fleurs en couleurs.

200 — **Paris.** Paire de compotiers de forme carrée et contournée et deux compotiers ronds en ancienne porcelaine, à décor de bouquets de fleurs en couleurs, bordure dentelée en dorure.

201 — **Paris**. Déjeuner solitaire, comprenant : un plateau triangulaire, un pot à lait, un sucrier couvert, une tasse et une soucoupe, en ancienne porcelaine décorée en grisaille de paysages avec chasseurs, bordure à dentelle en dorure.

202 — **Saint-Cloud**. Tasse à une anse et bord festonné avec la soucoupe en ancienne porcelaine blanche, pâte tendre, décorée en relief de branchages de vigne.

203 — **Saint-Cloud**. Deux tasses et leurs soucoupes en ancienne porcelaine blanche et tendre, à décors variés, feuillages pomme de pin et fleurs en relief.

204 — **Saint-Cloud**. Un coquetier et un petit pot à crème couvert en ancienne porcelaine pâte tendre, décors de lambrequins feuillagés en bleu.

205 — **Saint-Cloud**. Paire de pots à pommade avec couvercles en ancienne porcelaine blanche, pâte tendre, entièrement décorés en relief de fleurs de lilas.

206 — **Saint-Cloud**. Petit vase, forme Médicis, et un petit pot avec couvercle monté en argent en ancienne porcelaine blanche, pâte tendre, décorés de guirlandes de fleurs en relief.

207 — **Saint-Cloud**. Vase pot-pourri, à couvercle ajouré, en ancienne porcelaine blanche pâte tendre, décorée en relief de branchages fleuris.

208 — **Saint-Cloud**. Vase pot-pourri, avec socle, en ancienne porcelaine blanche pâte tendre ajourée et décorée en relief de feuillage fleuris et graines.

209 — **Tournay** (?). Groupe en ancienne porcelaine blanche pâte tendre, formé d'un paysan assis sur un tertre auprès d'une grande hotte en osier, terrasse parsemée de fruits avec feuilles, et tronc d'arbre.

210 — **Sèvres**. Trois pots à crème avec leurs couvercles en ancienne porcelaine pâte dure, décorés en couleurs de roses et guirlandes de feuillages ; bordure et boutons dorés.

211 — **Sèvres**. Deux tasses et un sucrier couvert et quatre soucoupes en ancienne porcelaine pâte tendre, à décors variés de bouquets de fleurs en couleurs, bordure dorée dentelée.

212 — **Saxe**. Un bol, deux compotiers et un pot à crème couvert en ancienne porcelaine, à décor coréen en couleurs à fleurs et arbustes, une petite jardinière carrée et un vase porte-fleurs formé d'un pivert sur un tronc d'arbre en porcelaine blanche moderne.

213 — **Saxe**. Petit bouillon à deux anses avec son couvercle en ancienne porcelaine, à décor de bouquets de fleurs en couleurs.

TABLEAU ET DESSIN
ANCIENS

ÉCOLE NÉERLANDAISE (XVIe siècle).

214 — *L'Adoration des mages.*

La sainte famille est dans un palais en ruine, la Sainte Vierge assise tient l'enfant Jésus sur ses genoux, auquel les rois mages vêtus de riches costumes viennent offrir des présents; fond de paysage montagneux.

Panneau. Haut., 60 cent., larg., 40 cent.

Beau cadre en bois sculpté redoré. Époque Louis XV.

DUCHÉ

215 — *Petit portrait de Jeune Femme.*

En buste, avec haute coiffure enguirlandée de fleurs et parée de plumes d'autruche.

Dessin à la mine de plomb, signé et daté : *1778*.

Haut., 12 cent.; larg. 10 cent.

Beau cadre en bois sculpté redoré. Epoque Louis XVI.

OBJETS VARIÉS, ORFÈVRERIE

216 — Montre en or ciselé, de l'époque Louis XVI, ornée d'une médaille.

216 *bis* — Paire de salières doubles et quatre salières simples de forme ovale en argent, de style Louis XVI, intérieurs en verre bleu.

217 — Porte-huilier en argent repoussé. Époque de la Restauration.

218 — Plat creux et rond, à bord contourné, décoré en relief d'entrelacs de rubans avec oves en argent ciselé. Époque Louis XV.

219 — Paire de plats creux de forme carrée et contournée, bord à filet, en argent. Époque Louis XV.

220 — Grande verseuse en argent repoussé et ciselé, à côtes en spirales, repose sur trois pieds à cartouche et feuillage, le bouton du couvercle formé d'une branche d'œillet, anse en bois noir sculpté. Époque Louis XV.

221 — Petit pot à crème avec couvercle, le bouton formé d'une fleur et bords godronnés, muni d'une anse et d'un bec de forme mouvementée, orné d'une armoirie gravée. Époque Louis XIV.

222 — Paire de jardinières de forme carrée en ancien émail de Canton, décorées de branchages fleuris et rochers, en couleurs. Monture en bronze ciselé doré, à grecques, repose sur quatre pieds têtes d'éléphants.

223 — Paire de cache-pots à deux anses en tôle peinte, décorés sur fond blanc de deux réserves de fleurs, fruits et oiseaux. Bordure et encadrement en dorure xviiie siècle.

224 — Gobelet en ancien verre gravé, orné d'un médaillon avec cavalier, et d'un bouquet de fleurs. Epoque Louis XV.

225 — Trois netskés et une boîte ronde en ivoire sculpté du Japon.

226 — Coffret à bijoux en marqueterie de cuivre et étain. Monture en bronze doré, le dessus orné d'une mosaïque, à bouquet de fleurs en pierres de couleurs.

227 — Coffret à bijoux en ébène, orné de bronze doré et de deux plaques en ancien émail de Limoges du xviie siècle.

228 — Tric-trac en marqueterie de bois de couleurs, ivoire et cuivre, muni de ses pions en buis sculpté, avec devises. xviie siècle.

229 — Trois pichets en ancien grès, avec couvercles d'étain.

230 — Deux petites marmites, une écuelle, avec leurs couvercles, et un moutardier en étain ancien.

231 — Deux petits coffrets rectangulaires en bois plaqué d'écaille rouge, l'un avec marqueterie de cuivre et orné de bronze doré.

232 — Petit coffret rectangulaire en bois peint au vernis, imitant le malachite et orné de cuivre et bronze gravé, ciselé, doré.

233 — Petit coffret-cabinet à tiroirs en bois mouluré, garni d'ornements en argent. Époque Louis XIII.

234 — Pot à lait en ancien émail de Saxe, décoré en couleurs de fleurs et fruits, bord à imbrications sur fond rose. Époque Louis XV.

235 — Bougeoir, formé d'une coupe en porcelaine et branchages de tôle découpée avec fleurs. Monture en bronze doré. Style Louis XV.

236 — Paire d'appliques à deux lumières, formées d'un bouquet noué par un ruban, feuillages en tôle peinte et découpée avec fleurs en ancienne porcelaine. XVIIIe siècle.

237 — Paire d'appliques à une lumière, formées d'un branchage de feuillages en tôle peinte et découpée avec fleurs en ancienne porcelaine. XVIIIe siècle.

238 — Paire de grosses bouteilles à longs cols en ancien émail cloisonné de la Chine fond bleu turquoise, décorées chacune de fleurs en couleurs, de deux dragons en relief en bronze doré. Epoque Kienlung.

239 — Service à café comprenant une cafetière, un sucrier couvert et quatre zarf en argent repoussé et gravé orné de filigranes de cuivre et de corail. Ancien travail turc.

240 — Aspersoir en argent repoussé et ciselé. Ancien travail turc.

205

243

241

205

243

PENDULES BRONZES

PORCELAINES MONTÉES

241 — Petite pendule en ancienne porcelaine de Saxe. Le mouvement, renfermé dans un pot renversé dont le fond forme le cadran, signé *Buzot* à Paris, est surmonté d'un dindon de même porcelaine décoré au naturel, et est supporté par un arbuste fleuri, reposant sur une terrasse en bronze doré, ornée d'un cygne et de deux statuettes d'homme et jeune femme en ancienne porcelaine de Saxe décorés en couleurs. Époque Louis XV.

Haut., 33 cent.

242 — Vase-cassolette en laque noire et or du Japon supporté par les branches d'un arbuste fleuri en bronze ciselé doré avec fleurs en ancienne porcelaine tendre, reposant sur une base à rocailles. Époque Louis XV.

Haut., 25 cent.

243 — Paire de vases en cristal blanc taillé, avec monture en bronze doré formée de quatre branchages feuillagés avec fleurs en ancienne porcelaine tendre, partant du socle et couvrant la panse du vase, cols en bronze doré uni.

244 — Pendule d'applique avec son socle-support en marqueterie de cuivre et écaille, ornée de bronze, et surmontée d'une figure de Renommée. Époque Régence.

245 — Pendule, de l'époque Louis XVI, en marbre blanc et noir et bronze, le mouvement est surmonté d'un aigle supporté par un portique à colonne-support et de vases de fleurs; base ornée d'une frise de rinceaux.

246 — Paire de vases en bronze doré, à deux anses, et piédouche; base carrée à rinceaux et feuilles supportant un bouquet de fleurs de lis, à cinq lumières. Style Louis XVI.

247 — Paire de flambeaux en bronze finement ciselé doré, en forme de carquois; base ronde, ornée de tors de laurier, rosace et fleurons, repose sur trois pieds. Époque Louis XVI.

248

242

249

2000

[illegible], Paris

MEUBLES, TAPISSERIES

248 — Petite table, de forme ovale, à quatre pieds cambrés, avec tablette d'entrejambes de forme rognon en marqueterie de bois de couleur, décoré sur le dessus et la tablette de vases fleuris, flacons, gobelets, ustensiles divers ; sur le pourtour, frise et rinceaux feuillages, avec tiroir sur le côté et tablette sur le devant, ornée de bronzes ciselés dorés, tels que cintre, galerie ajourée, chutes et sabots. Porte l'estampille de *Deloose, maître ébéniste*. Epoque Louis XV.

Haut., 75 cent. ; larg., 59 cent.

249 — Petite table, de forme rectangulaire, à quatre pieds gaines, ouvrant à trois tiroirs, en marqueterie de bois de couleurs, à médaillons d'attributs de musique et vase de fleurs ; encadrement de filets d'amarante à grecques. Epoque Louis XVI.

Haut., 73 cent. ; larg., 48 cent.

250 — Petite table à ouvrage de forme contournée, à quatre pieds cambrés en bois de placage ; le dessus ouvrant à charnières, avec tablette sur le devant et tiroir sur le côté. Epoque Louis XV.

Haut. 67 cent. ; larg., [illegible] cent.

251 — Table à jeu pliante à double face, en laque noir, ornée de barque, avec personnages et fleurs en couleur, encadrement de dorure, repose sur huit pieds moulurés en bois noir. XVIIIe siècle.

252 — Console en acajou de forme demi-lune à quatre pieds et traverse d'entrejambe, ornée de rangs de perles en bronze doré. Dessus de marbre blanc. Epoque Louis XVI.

253 — Meuble étagère chinois, en bois de fer sculpté. Ouvre à deux portes, deux tiroirs et coulisse.

254 — Guéridon rond, support à quatre pieds et traverse d'entrejambe en bois de fer sculpté. Dessus de marbre de couleur.

255 — Trois garnitures de fauteuils à haut dossier avec manchettes en ancienne tapisserie du XVIIe siècle, à décors variés de vases ou corbeilles de fleurs et oiseaux sur fond blanc, avec encadrement de fleurs et rinceaux sur fond bleu.

Dimensions : Dossier, haut., 80 cent. ; larg., 85 cent.
Sièges, haut., 1 m. 2 cent.; larg., 82 cent.
Manchettes, haut., 48 cent. larg., 28 cent. environ.

256 — Garniture de fauteuil analogue aux précédents, mais la bordure d'encadrement fond jaune clair au lieu de bleu.

257 — Une paire de manchettes fond bleu et un fragment de tapisserie analogue aux précédentes.

NOTA. — *Toutes ces garnitures sont à l'état de neuf, n'ayant jamais été montées.*

255

256

255

www.ingramcontent.com/pod-product-compliance
Ingram Content Group UK Ltd.
Pitfield, Milton Keynes, MK11 3LW, UK
UKHW020952180726
13838UKWH00003B/1275